I0537559

LE PROJET R.H.

Du même auteur

Livres brochés (version normale ou "dys") disponibles sur les sites des Éditions Mondes Parallèles et Amazon.

Ebooks disponibles sur les sites Amazon, Kobo, Fnac, Apple Books (version normale) ; aux Éditions Mondes Parallèles et sur Google Play (version normale ou "dys").

Romans adulte :

Le pouvoir de Flamen

Halloween chez Audrey

La revanche du léopard *(à paraître...)*

Romans jeunesse :

Une citrouille vraiment effrayante

Enlèvement au collège

Un fantôme dans le métro

Jeu de piste macabre dans le 6ème

Série Halloween chez Justine :

1 - Loups-garous, vampires et autres monstres...

2 - L'attaque du monstre gluant

3 - Debout les morts !

4 - Croisière sans retour

5 - Le manoir de la mort

6 - Une momie dans les catacombes

7 - Un château en Transylvanie

Album :

Le lapin qui grossissait

Nouvelles :

La gare qui n'existait pas

Le secret de l'échiquier

Le moulin aux fées

Le miroir vénitien

Meurtres à la pleine lune

Plus que la fortune

Le projet R.H.

4

Joël VERBAUWHEDE

LE PROJET R.H.

Note de l'auteur

Cette nouvelle a été publiée dans le magazine Phénix Mag – Hors série nouvelles – Spécial chutes.

Retrouvez l'auteur sur Internet :
editionsmondesparalleles.free.fr

Illustrations de couverture : Joël Verbauwhede
(Images utilisées libres de droits)
© 2020 Éditions Mondes Parallèles
2018 Joël Verbauwhede, tous droits réservés
ISBN 978-2-37830-031-9

Le projet R.H.

C'était la quatrième manifestation contre la CybCod à laquelle Annabelle participait. Militante anti-robots depuis le premier ordinateur doté de pensée constructrice, elle brandissait bien haut sa pancarte indiquant : *Non à la domination des machines !*

Les progrès dans les sciences robotiques, cybernétiques et informatiques, associés à une miniaturisation de plus en plus poussée, allaient de pair avec la méfiance croissante du grand public envers des mécanismes de plus en plus sophistiqués auxquels de moins en moins de personnes comprenaient le fonctionnement.

La CybCod était un laboratoire de recherche en technologies de pointe. La médecine lui devait déjà la création de bras et de jambes artificiels, les paralysés ou amputés qui en avaient bénéficié ne pouvaient que lui en être reconnaissants.

En revanche, un journal à scandale avait révélé qu'une bonne part du financement de cette société était assurée par le ministère de la Défense et qu'elle travaillait en lien avec les services secrets. Lesquels avaient immédiatement démenti, cela va de soi, mais il n'y a pas de fumée sans feu…

Annabelle agitait donc sa pancarte au milieu d'un bon millier de manifestants qui faisaient le siège devant l'entrée principale de la CybCod, contenus à grand peine par des vigiles armés de matraques qu'une compagnie de CRS était venue épauler.

Annabelle ne sut jamais qui avait lancé la première pierre, mais lorsqu'un vigile s'écroula, le visage en sang, la manifestation qui se voulait pacifique dégénéra en émeute. Les CRS répliquèrent avec des gaz lacrymogènes, les manifestants par d'autres jets de projectiles et des coups de pancartes, peu dangereux mais qui obligèrent les vigiles à riposter avec leurs matraques.

Au milieu de la confusion, Annabelle reçut un coup à la tempe et s'écroula, ignorant dans quel camp était celui qui l'avait frappée.

Un glisseur rouge vif sortit soudain du parking, provoquant l'ouverture automatique de la barrière. Pleins phares et klaxon bloqué, il fonça dans la foule, obligeant les belligérants à s'écarter. Il freina in extremis devant la jeune femme étendue au sol.

Hébétée, Annabelle se releva au moment où la portière s'ouvrait. Un bras robuste la tira dans le glisseur qui se referma et redémarra en trombe. Une main pressée sur sa blessure qui saignait abondamment, la jeune femme considéra son sauveur avec étonnement : il était grand, blond aux cheveux courts et vêtu d'un costume élégant. Il paraissait déplacé dans la manifestation anti-CybCod.

Elle devina alors :

— Vous travaillez dans le laboratoire !

— En effet, mademoiselle. Mon nom est Jorgun Watts. Même si je suis dans le camp ennemi, je n'allais pas vous passer dessus avec mon glisseur. Je vais vous conduire à l'hôpital. Comment vous appelez-vous ?

— Annabelle Martin. Merci, monsieur Watts.

À l'hôpital, on fit quelques points de suture à la jeune femme qui s'étonna en voyant les médecins parler avec déférence à Jorgun Watts.

— Vous êtes connu à l'hôpital, vous amenez souvent les victimes de vos vigiles aux urgences ?

Il rit, puis répondit :

— Non, mais j'ai mis au point un microbot chirurgical. C'est un robot microscopique muni d'un laser et d'un émetteur à infrasons. Il est capable d'opérer à l'intérieur du corps humain, ses essais sur des tumeurs cancéreuses ont donné d'excellents résultats. Je ne comprends pas pourquoi tant de gens ont si peur de la robotique.

— Je veux bien admettre que votre invention est bénéfique, mais que pensez-vous des recherches à but militaire de la CybCod ?

— Honnêtement, je peux vous assurer que ces rumeurs sont sans fondement. Bien sûr, le laboratoire est très grand et je ne connais pas dans le détail tous les travaux de mes confrères, mais je ne pense pas qu'ils puissent élaborer des armes à mon insu.

Ayant obtenu l'assurance des médecins que la jeune femme n'avait rien de grave et pourrait sortir le lendemain, Jorgun Watts se retira.

Un peu plus tard, elle reçut la visite de Stefan Yort, journaliste indépendant qui prenait une part active dans les manifestations anti-robots. Il lui apprit que les échauffourées à la CybCod avaient fait trois morts et une quarantaine de blessés chez les manifestants, une quinzaine de blessés du côté des vigiles et des CRS.

Annabelle lui raconta alors sa conversation avec Jorgun Watts.

— Et tu l'as cru ? s'étonna Stefan.

— Je ne sais pas, il avait l'air sincère. Les médecins ont confirmé pour le robot chirurgical. En plus il m'a amené à l'hôpital alors que rien ne l'y obligeait.

— Sauf s'il voulait précisément te raconter son baratin.

Quelques semaines plus tard, Stefan Yort débarquait à l'appartement d'Annabelle avec une mallette. Quand elle ouvrit au journaliste, il était pâle et très agité.

— Je pense pouvoir coincer la CybCod, mais j'ai besoin de ton aide. Seulement c'est dangereux et tu peux refuser...

— Dis toujours, je verrai ensuite…

— Voilà : un de mes contacts a réussi à voler un prototype d'engin de torture dans les bureaux des services secrets. Il me l'a envoyé avant d'être abattu. La police a conclu à un suicide et je crains qu'ils remontent jusqu'à moi.

— L'appareil est là-dedans ?

Hochant la tête, Yort ouvrit la mallette métallique et en sortit un pistolet injecteur et un datapod à effleurement.

— Tu reconnais ça ?

— Non, pourquoi ? Je devrais ?

— Parce que ce sont l'injecteur et l'ordinateur de contrôle du microbot chirurgical de ton ami Jorgun Watts !

— Ce n'est pas mon ami. Je ne l'ai pas revu depuis la manifestation.

— Dommage, je lui ai demandé une interview mais il a refusé. Je n'ai pas réussi à décrypter les codes d'accès au datapod. J'aurais voulu qu'il me confirme que son génial microbot est un instrument de torture.

— Je vais essayer de le contacter, je veux en avoir le cœur net, décida Annabelle. Mais je doute qu'il accepte de me recevoir. Encore moins de venir chez moi.

Elle visiophona à la CybCod où elle demanda à parler à Jorgun Watts. Après avoir donné son nom, elle dut patienter un moment avant que le visage de l'ingénieur apparaisse sur son écran. Après quelques minutes de discussion, elle parvint à convaincre Watts de son intérêt pour son invention et il accepta de dîner avec elle pour lui parler de son travail.

Une fois qu'elle eut raccroché, Yort applaudit.

— Le charme féminin, voilà ce qui fait toute la différence. Après un dîner en amoureux, il te raccompagne chez toi…

— Crétin ! Continue comme ça et tu te passeras de mon aide !

Impassible, le journaliste acheva :

— … et nous lui demandons son avis sur cet appareil.

Il fut convenu que Stefan Yort resterait chez Annabelle. Lorsqu'un taxi la déposa devant le luxueux restaurant où l'attendait Jorgun Watts, elle songea que la plus belle robe qu'elle avait mise faisait piètre figure face aux toilettes coûteuses et aux bijoux étincelants des femmes fortunées qui s'y trouvaient.

En revanche l'ingénieur, vêtu d'un costume sur mesure, ne détonnait pas dans le restaurant. Il se leva lorsqu'un maître d'hôtel stylé accompagna la jeune femme à sa table.

— Cette robe vous va à ravir, mademoiselle Martin. Je suis heureux de voir que vous n'avez pas gardé de séquelles de votre blessure.

En rougissant légèrement, elle hocha la tête.

— Vous pouvez m'appeler Annabelle. Vous êtes gentil, monsieur Watts, mais je vois bien que ma robe détonne dans cet endroit.

— Appelez-moi Jorgun, Annabelle. Sachez que la robe n'est que l'écrin qui met en valeur la beauté de l'être. Le plus magnifique des écrins ne peut rendre beau ce qui ne l'est pas.

La jeune femme faillit s'étouffer de rire en voyant passer une vieille harpie outrageusement maquillée, vêtue

14

d'une somptueuse robe dorée et portant plusieurs kilos de diamants.

Le repas fut agréable, Annabelle découvrant un homme d'esprit aux goûts raffinés là où elle imaginait un scientifique aux conceptions étriquées. Jorgun s'intéressait à tout, le salaire élevé que lui versait la CybCod lui permettant de donner libre court à ses fantaisies.

Lorsqu'ils en vinrent à parler de son travail, il se montra passionné, exposant les importantes avancées de son invention dans le domaine de la médecine. Il ne put détailler ses recherches actuelles – secret professionnel – mais assura à la jeune femme qu'il continuait à travailler dans la même direction.

Il ne fit pas de difficultés pour la raccompagner chez elle et accepta d'entrer quelques minutes pour regarder l'appareil qu'Annabelle souhaitait lui montrer. Il se retrouva alors nez à nez avec Stefan Yort, un pistolaser à la main.

— Qu'est-ce que ça signifie, Annabelle ? Vous m'avez tendu un piège !

— Non, je vous assure. Pourquoi cette arme, Stefan ?

— Pour m'assurer que monsieur Watts ouvrira l'accès au datapod.

Jetant un regard peiné à la jeune femme, Jorgun Watts s'assit devant l'appareil et confirma :

— C'est bien mon microbot chirurgical. Où l'avez-vous obtenu ?

— Un ami à moi a volé cet instrument de torture aux services secrets avant d'être tué.

— Je ne peux pas le croire, protesta l'ingénieur. Vous vous trompez !

— Alors prouvez-le-moi en déverrouillant le datapod !

Il avait détourné un instant son arme de Watts pour désigner l'appareil du canon. L'ingénieur en profita pour lui porter un coup sec du tranchant de la main sur le poignet. Sous la douleur, la main de Yort s'ouvrit et Jorgun Watts rattrapa le pistolaser au vol.

Le pointant sur le journaliste, il déclara :

— Je n'aime pas agir sous la contrainte, monsieur Yort. Je serais en droit de vous faire arrêter…

Il jeta l'arme sur un buffet.

— … mais vous semblez sincère et vous avez piqué ma curiosité.

L'ingénieur essaya alors divers codes d'accès, sans succès. Stefan Yort fit un pas vers son arme, puis haussa les épaules et préféra se rapprocher pour regarder ce que faisait Watts.

Au bout de quelques minutes, il s'enquit d'un ton acerbe :

— Ne me dites pas que vous ne pouvez pas accéder au système, c'est vous qui l'avez conçu !

Avec une incrédulité grandissante, Jorgun répondit :

— C'est pourtant le cas ! Même mon code assembleur de premier niveau a été bloqué.

Voyant que le journaliste ne le croyait pas, il affirma avec véhémence :

— Je n'essaie pas de vous tromper, je vous assure. Je peux vous affirmer que c'est moi qui ai conçu ce système mais qu'il ne vient pas d'un hôpital. Il semble que vos soupçons soient justifiés.

— Vous ne pouvez pas l'ouvrir, monsieur Watts ? demanda la jeune femme.

— Vous pouvez continuer à m'appeler Jorgun, Annabelle. Je ne vous en veux pas de m'avoir fait venir ici, au contraire. Et je compte bien le démonter pour savoir ce qu'on a fait de mon invention.

Il demanda à la jeune femme un multivis électronique. Elle n'en avait pas, en revanche le journaliste en avait un dans sa poche, de dernière génération. Il lui avait permis de se procurer – pas toujours très légalement – diverses informations compromettantes que des journaux à scandale lui payaient assez cher.

Il le tendit à Jorgun Watts qui entreprit de démonter le datapod à gestes vifs et précis. L'ingénieur repéra très vite diverses connections qui avaient été rajoutées au câblage existant. Il sectionna l'un des fils, puis l'utilisa pour shunter une partie du processeur.

Enfin il remonta l'appareil et annonça :

— Le datapod est maintenant inutilisable pour commander le microbot, mais nous devrions avoir accès aux instructions de programmation.

Annabelle et Stefan penchés sur son épaule, il fit alors défiler les instructions, leur expliquant leur utilité. Les premières commandes étaient normales, mais Watts s'aperçut ensuite que tous les systèmes de sécurité visant à protéger le patient d'une fausse manœuvre avaient été désactivés. Il finit par se taire, continuant à parcourir les lignes de programme de plus en plus vite, tout en pâlissant de plus en plus.

N'y tenant plus, Annabelle lui demanda :

— Expliquez-nous, Jorgun ! Qu'est-ce que tout cela signifie ?

À contrecœur, l'ingénieur répondit :

— Vous aviez raison, monsieur Yort : ils ont transformé mon microbot chirurgical en instrument de torture et de mort. Une fois injecté dans un corps humain, il peut rechercher divers organes : le foie, la rate, certains nerfs ou vaisseaux sanguins, le cœur… Une fois la cible choisie, le microbot peut infliger des souffrances ou des mutilations plus ou moins irréversibles, allant jusqu'à la mort qui peut prendre différentes formes naturelles en cas d'autopsie.

— Que comptez-vous faire ? s'enquit la jeune femme.

— Légalement, la CybCod ne peut pas être attaquée, ils ont le droit de reprendre mes découvertes pour en faire un nouveau système à usage des services secrets. Je ne pense pas que vous pourrez publier ce que je viens de vous dire sans vous heurter au secret-défense et finir en prison. Mais j'ai mon éthique, je vais démissionner.

— Avant cela, pourriez-vous m'aider à m'introduire dans le laboratoire ? s'enquit Stefan Yort.

Jorgun hésita, puis regarda le journaliste bien en face.

— Vous risquerez votre vie… et la mienne.

— Je veux savoir ce qu'ils font d'autre, s'il est possible de les prendre en défaut…

— D'accord, capitula Watts. Cachez-vous dans le coffre de mon glisseur, je vous y emmène.

Il hésita, puis ajouta :

— Reprenez votre pistolaser, on ne sait jamais…

— Je viens aussi, décida Annabelle.

Les deux hommes ne purent la faire changer d'avis et la jeune femme alla rapidement échanger sa robe de soirée et ses chaussures à talons contre une tenue plus adaptée à leurs projets.

Jorgun Watts passa sans encombre le poste de contrôle de la CybCod et se gara dans le parking souterrain. Il n'était pas rare qu'il revienne au laboratoire en pleine nuit pour travailler à une nouvelle idée qu'il avait eue.

Il fit sortir ses deux passagers clandestins et les emmena à un ascenseur. Faisant en sorte d'être entièrement dans le champ de la caméra, il utilisa sa carte magnétique. La cabine s'ouvrit, Annabelle et Stefan s'y engouffrèrent et l'ingénieur les rejoignit.

— À quel niveau travaillez-vous ? demanda le journaliste.

— Au deuxième sous-sol. Mais si la CybCod a quelque chose à cacher, c'est au niveau -5. J'ai réfléchi à ce que vous m'aviez dit à l'hôpital, Annabelle. J'ai discuté avec certains de mes collègues. Les seuls qui ont éludé mes questions travaillent au projet R.H., au cinquième et dernier sous-sol.

Il pressa le bouton de l'ascenseur et un message apparut sur l'écran : *Niveau -5 : Accès restreint... Entrez code de sécurité SVP...*

Jorgun s'étonna :

— Je n'avais jamais essayé de m'y rendre, j'ignorais l'existence de ce code... Mais c'est une nouvelle preuve que la CybCod a des choses à cacher.

Il prit le multivis électronique que le journaliste avait pensé à emporter. Avec dextérité, il démonta le panneau de l'ascenseur, localisa la puce de sécurité et la shunta. Il remonta l'écran tactile et l'ascenseur démarra pour les déposer sans encombre au cinquième sous-sol.

Lorsque la porte s'ouvrit, Annabelle poussa un cri d'effroi. Alignés contre un mur, une douzaine de robots métalliques dardaient sur eux leurs yeux rouges. Sur différentes tables et bureaux, des membres artificiels recouverts de peau synthétique et des composants électroniques semblaient en cours d'étude.

Stefan Yort secoua la tête comme pour dissiper une hallucination. Mais ce qu'il voyait était bien réel.

— Vous vous rappelez ce vieux film de science-fiction, *Terminator* ?

— Oui, c'est exactement ça, approuva Annabelle. Jorgun, vos collègues construisent des robots de guerre à forme humaine ! R.H. signifie certainement « Robot Humanoïde ».

Dubitatif, Watts haussa les épaules.

— C'est ce qu'on dirait, pourtant militairement parlant, ce n'est pas la forme la plus efficace. Peut-être des agents d'infiltration pour les services secrets…

Il s'installa devant un ordinateur. Au bout d'un moment, il finit par contourner le mot de passe et put accéder au système. Alors qu'il commençait à parcourir les dossiers, Annabelle et Stefan penchés sur son épaule, un vigile apparut, sortant d'une petite pièce sur leur droite.

— Mains en l'air, ne bougez plus !

Réagissant d'instinct, le journaliste sortit son pistolaser et tira sur l'agent de sécurité. Atteint en pleine poitrine, son uniforme bleu noirci à l'endroit de l'impact, celui-ci ne parut pas affecté. Il fit feu à son tour, touchant Yort à la tête.

Tandis que le journaliste s'écroulait, mort, l'ingénieur plongea sur Annabelle, la plaquant au sol à l'abri d'un bureau. Deux rayons rouges les manquèrent, faisant exploser l'écran de l'ordinateur qu'ils consultaient. Choquée, la jeune femme ne pouvait pas détacher les yeux du corps de son ami.

— Il l'a touché et pourtant le vigile n'a pas été affecté. Il doit porter un gilet de protection.

— Où alors… c'est un robot ! avança Jorgun.

Il ramassa le pistolaser du journaliste et le leva lentement. Sa main avait à peine dépassé le bord du bureau qu'il dut la rabaisser précipitamment pour éviter un tir de laser.

— Robot, conclut l'ingénieur pour lui-même.

Levant les yeux au plafond, il nota qu'un câble à haute tension traversait le laboratoire. Après un rapide calcul mental d'angles, de distances et en tenant compte de la longueur des intervalles séparant deux points de fixation, il sourit.

Levant son arme en prenant soin de rester à l'abri du bureau qui les protégeait du vigile, il visa posément le gros câble électrique et tira. Le laser fit mouche et l'épais plastique de protection fondit. Un second tir sectionna net les fils électriques.

Avec une grande gerbe d'étincelles bleutées, le câble se détacha et vint frapper le garde du labo. Se relevant prudemment, Jorgun et Annabelle virent alors la peau du vigile fondre, révélant un squelette métallique identique à ceux qui étaient alignés le long du mur.

Paralysé par la décharge, le corps environné d'éclairs bleus, le robot ne bougeait plus. Il serait réduit à l'impuissance tant qu'il resterait en contact avec le câble à haute tension.

L'ingénieur entraîna la jeune femme vers l'ascenseur, se retrouvant nez à nez avec quatre vigiles qui en sortaient, matraques au poing. Un premier coup sur le poignet lui fit lâcher le pistolaser.

Watts réagit aussitôt en frappant son assaillant d'un vif coup de poing au plexus. L'homme se plia en deux et s'écroula, celui-là n'était donc pas un robot ! Il esquiva un coup d'un pas chassé, en dévia un autre de l'avant-bras, puis contre-attaqua.

Un coup de pied retourné en pirouettant atteignit l'un des vigiles à la mâchoire. Un balayage de jambe en fit tomber un autre au sol, Jorgun se pencha et l'assomma d'un coup du tranchant de la main à la gorge.

D'une roulade, il esquiva l'attaque du dernier agent de sécurité. Il fit un rétablissement sur les mains, puis frappa durement d'un coup de talon le menton de l'homme. D'un coup de reins, Jorgun Watts fut sur pied avant que le dernier de ses agresseurs n'ait fini de s'écrouler.

Comme la jeune femme le regardait bouche bée, l'ingénieur haussa modestement les épaules.

— Je n'ai pas toujours eu une situation aisée. Là où j'ai grandi, les arts martiaux engendraient davantage de respect que la physique quantique… Mais nous ferions bien de quitter les lieux au plus vite.

Ils s'engouffrèrent dans la cabine après avoir écarté le vigile allongé en travers de la porte. L'ascenseur les déposa au parking où d'autres gardes surgirent des différentes issues.

Jorgun et Annabelle coururent au glisseur et montèrent au moment où les agents de sécurité sortaient leurs armes. Le véhicule démarra en trombe sous les tirs de laser et fonça vers la sortie, manquant écraser l'un des vigiles. Il arracha la barrière qui étoila le pare-brise et fonça en direction de l'autoroute.

— Il faut prévenir la police et les médias ! s'écria Annabelle.

— Nous sommes entrés par effraction au niveau -5. Le temps que l'on raconte notre histoire, le corps de ton ami aura disparu. Avec les diverses agressions et destructions au labo qu'ils peuvent nous reprocher, nous serons en prison, ou morts, ou plus probablement les deux avant de pouvoir parler à un journaliste.

— Alors nous devons quitter le pays, décida la jeune femme.

— Oui, la Suisse n'est qu'à quelques kilomètres. Mais si la CybCod travaille effectivement pour les services secrets, ça ne suffira pas pour nous mettre à l'abri.

Quelques minutes plus tard, deux glisseurs noirs apparurent dans leur sillage. Malgré la virtuosité dont Watts faisait preuve – il conduisait en manuel car le pilote automatique était programmé pour ne pas dépasser les limites de vitesse – les véhicules de leurs poursuivants gagnaient du terrain.

Ils furent bientôt à portée de tir et commencèrent à pilonner l'arrière du glisseur.

Ils abordaient une courbe sur le pont antigrav surplombant le lac Léman quand Jorgun annonça avec inquiétude :

— Nous sommes touchés, la direction ne répond plus. Accroche-toi, Annabelle !

Il enclencha le pilote automatique qui annonça aussitôt :

— Commandes principales endommagées, arrêt immédiat.

Le système de rétrofreins se mit en marche… trop tard ! Le glisseur heurta à pleine vitesse la bordure magnétique de sécurité. Tous systèmes coupés, il s'envola en tonneaux et tomba dans le lac Léman où il coula à pic. Sous le choc, Annabelle perdit connaissance.

Lorsqu'elle revint à elle, elle était allongée sur un lit et Jorgun Watts lui faisait du bouche à bouche. Elle le repoussa faiblement et régurgita une grande quantité d'eau.

Après avoir réussi à reprendre son souffle, elle demanda :

— Jorgun… Que s'est-il passé ?

— Tu te souviens de l'accident ? Mon glisseur a coulé et tu as perdu connaissance. J'ai nagé en te tirant, à moitié noyée, jusqu'à un bateau dans la cabine duquel nous nous trouvons. Je t'ai ranimée mais je ne pense pas que tu sois blessée. Tu peux te lever ?

Passant elle aussi au tutoiement, Annabelle secoua la tête.

— Je ne sais pas. Tu crois que nous sommes en sécurité ?

— Au moins le temps qu'ils sondent le lac et constatent que nous ne sommes plus dans le glisseur. Je ne sais pas à qui est ce bateau, mais nous allons l'emprunter pour gagner la Suisse. Ils peuvent bien ajouter le vol aux charges qui pèsent déjà sur nous. Tu devrais prendre une douche chaude, tu vas être malade si tu gardes ces vêtements mouillés.

Annabelle se leva en chancelant, puis se dirigea vers le coin que lui indiquait l'ingénieur. Elle en sortit quelques minutes plus tard, enroulée dans une grande serviette jaune.

S'avisant que son compagnon avait lui aussi ses vêtements mouillés, elle lui dit :

— À toi, Jorgun. Tu vas attraper la mort si tu restes trempé comme ça.

L'ingénieur prit une douche à son tour. Lorsqu'il ressortit, une serviette nouée autour des reins, Annabelle ne put s'empêcher de détailler son corps musclé, sans aucun défaut visible.

— En attendant que nos vêtements sèchent, tu n'as qu'à dormir dans ce lit.

— Et toi ? demanda la jeune femme.

Jorgun haussa les épaules.

— Je n'ai pas sommeil. Je vais monter un peu sur le pont pour réfléchir.

— Mais tu vas prendre froid !

— Mon père était Suédois. En hiver, il cassait la glace de l'étang derrière sa maison pour s'y baigner. Le froid ne me gêne pas et il y a bien longtemps que je n'ai pas contemplé la voûte céleste.

Il monta souplement sur le pont du bateau, ses pieds nus ne faisant aucun bruit. Annabelle troqua sa serviette contre une robe de chambre trouvée dans la penderie. Elle se coucha dans le lit et tenta de dormir, mais les événements de la soirée l'en empêchèrent. Elle se tournait et se retournait, ressassant la mort de Stefan Yort, leur fuite du labo, l'accident.

La jeune femme finit par repousser les draps et se leva. Elle resserra les pans de sa robe de chambre et monta sur le pont. Jorgun Watts lui sourit.

— Toi non plus, tu n'arrives pas à dormir, Annabelle ?

— Non, après tout ce qui est arrivé cette nuit… On ne sait pas comment ça finira. Pour toi, c'est sans doute encore plus dur, tu as dû abandonner une bonne situation et un travail qui te passionnait…

L'ingénieur haussa les épaules.

— Je ne sais pas… Inexplicablement, je me sens libéré. J'ai ouvert les yeux sur les activités de la CybCod, je préfère démissionner. Cela faisait plus de dix ans que je n'avais pas relevé les yeux vers les étoiles. Moi qui étais passionné d'astronomie étant enfant... Non, la seule chose que je regrette, c'est d'avoir accepté que tu nous accompagnes au laboratoire. Par ma faute, tu es en danger.

— Je ne regrette rien, Jorgun, hormis la mort de Stefan Yort. Il vaut mieux savoir la vérité que vivre dans l'ignorance.

— Et nous ne savons pas encore tout. Je n'ai pas eu le temps de parcourir tous les dossiers dans l'ordinateur du projet R.H., mais c'est très bizarre. Certains programmes sont conformes à ce qu'on attendrait d'un robot agent secret : tir, langues étrangères, biologie détaillée du corps humain... Mais d'autres programmes concernent des comportements de la vie de tous les jours, je n'en vois pas l'utilité.

— Peut-être pour se fondre dans la foule, avoir une vie normale pendant des mois, des années. Des agents dormants infiltrés dans un pays étrangers dont la loyauté serait acquise, qui accompliraient leur mission sans états d'âme. Des robots humains.

— C'est effrayant ! dit l'ingénieur. Tu imagines si certains hommes politiques, ou même des gens de notre entourage, étaient remplacés par des robots ?

À cette idée, Annabelle frissonna. Doucement, l'ingénieur l'attira contre sa poitrine. Elle frémit mais ne protesta pas.

Un long silence s'établit, que la jeune femme finit par rompre :

— C'est sans doute indiscret, Jorgun, mais... tu vis seul, n'est-ce pas ? Si tu avais une femme, tu aurais cherché à l'emmener avec toi avant de quitter le pays.

— Oui, je n'ai pas d'attaches. Ces dernières années, je n'ai vécu que pour mon travail...

Sentant que la voix de son compagnon avait tremblé, Annabelle murmura :

— Avant d'être un brillant ingénieur, tu devais avoir des dizaines de femmes qui rêvaient de sortir avec toi... Mais je suis indiscrète, pardonne-moi.

— Il y a eu plusieurs femmes qui auraient pu... Mais à chaque fois, ça n'a pas marché. Elles ont toujours rompu lorsqu'elles ont su...

Il se mordit les lèvres et s'interrompit.

Annabelle lui prit la main pour l'encourager et demanda :

— Lorsqu'elles ont su quoi, Jorgun ? Je ne peux pas croire que tu aies fait quelque chose de mal…

— Tu ne comprends pas, Annabelle. Ce n'est pas quelque chose que j'ai fait. Simplement, je suis stérile. Toutes les femmes cherchent à fonder une famille, elles veulent un homme qui devienne le père de leurs enfants…

— Pardonne-moi, je ne pouvais pas savoir. Alors tu t'es réfugié dans le travail, je comprends. Moi, j'avais un fiancé qui travaillait dans une usine de construction de glisseurs. Bien sûr tout y était informatisé, automatisé, robotisé. Il y a eu un incident sur une chaîne de montage qui s'est bloquée. Alors qu'il essayait de réparer, les systèmes ont redémarré et une machine l'a tué. Il a été déchiqueté…

Sa voix se brisa dans un sanglot. Ému, Jorgun la serra dans ses bras.

— Voilà pourquoi tu détestes les robots. Et aussi les gens comme moi qui en construisent…

— Non, Jorgun. Maintenant que je te connais mieux, je réalise mon erreur.

Impulsivement, elle approcha son visage de celui de l'ingénieur et l'embrassa. Il répondit au baiser avec passion, mais elle se dégagea soudain en rougissant de confusion.

— Non, qu'est-ce que tu vas penser si je me jette sur toi dès le premier soir…

— Je penserais que j'ai beaucoup de chance car tu me plais, Annabelle. Quant à te juger, je n'en ai pas le droit. Grâce à toi, j'ai ouvert les yeux sur mon travail.

— Et à cause de moi, tu vas peut-être mourir demain…

— Ça en valait la peine, Annabelle. Tu frissonnes, il vaut mieux que tu ailles te reposer dans la cabine.

— J'ai peur de faire des cauchemars où les monstrueux robots de la CybCod me poursuivront. Viens dormir près de moi, Jorgun.

Gêné, il toussota.

— Hem… Je ne suis pas sûr d'avoir bien compris…

Se relevant d'un bond, Annabelle se dépouilla de son peignoir.

— C'est plus clair comme ça ?

Jorgun hocha la tête en souriant, puis la souleva dans ses bras sans effort apparent et l'emporta dans la cabine pour la déposer sur le lit.

Quelques heures plus tard, quand le soleil se leva, Jorgun Watts réveilla Annabelle en la secouant doucement.

Contrairement à elle, il n'avait pas de cernes sous les yeux et semblait en pleine forme.

Il l'embrassa tendrement et elle lui avoua dans un souffle :

— Je t'aime, Jorgun.

— Je t'aime aussi, Annabelle.

Malheureusement, ils ne pouvaient pas oublier qu'ils étaient des fugitifs recherchés. Ils durent s'habiller et Jorgun prit les commandes du bateau, le dirigeant vers la Suisse. Ils traversèrent le lac Léman en direction de Genève, prenant comme repère le gigantesque jet d'eau de plusieurs mètres qui se trouvait dans le lac à l'entrée du port.

Ils accostèrent sans encombre, abandonnant leur embarcation pour se fondre dans la foule de Genève. Jorgun et Annabelle prirent leur petit déjeuner dans un café. En sortant, ils avaient décidé de raconter leur histoire aux journaux suisses.

Ils traversaient la rue lorsqu'un lourd glisseur noir leur fonça dessus. Ils tentèrent de s'écarter mais l'appareil corrigea sa trajectoire pour les écraser. L'ingénieur prit sa compagne par la taille et la projeta avec une force incroyable sur le trottoir.

Un peu étourdie, Annabelle se releva et vit le glisseur frapper Watts de plein fouet, le projetant au travers d'une vitrine avant de prendre la fuite. Un attroupement se forma et la jeune femme se précipita, écartant les badauds sans ménagement pour se pencher vers l'homme qui lui avait sauvé la vie.

Il n'était pas mort, mais Annabelle devint livide en comprenant pourquoi.

Lorsque Jorgun se releva, il porta une main hésitante à sa tête et bredouilla :

— Je suis désolé, Annabelle, je ne savais pas…

Son bras droit et son crâne avaient été durement touchés lorsque le glisseur l'avait percuté. Il n'y avait cependant pas de sang. La peau synthétique déchirée laissait voir des composants électroniques, des fils capillaires multicolores, une armature de métal…

— Jorgun, non ! s'écria la jeune femme, bouleversée. Je croyais avoir trouvé un homme parfait !

— C'est le cas ! répondit le robot…

À toi, lecteur…

Cette histoire t'a plu ? Alors n'hésite pas à envoyer un commentaire à la boutique où tu te l'es procurée. Tu peux aussi écrire à l'auteur à joel.verbauwhede@free.fr pour lui donner ton avis et être averti de ses prochaines publications.

L'auteur

Depuis son plus jeune âge, Joël Verbauwhede est un passionné de lecture, avec une attirance particulière pour le fantastique et la science-fiction. À l'université, il se lance dans l'écriture d'histoires mêlant le fantastique, les arts martiaux et le romantisme. Une seule règle : le nom du héros doit commencer par J...

Parallèlement à son métier d'enseignant de mathématiques, il obtient plusieurs prix littéraires pour ses écrits. Certaines de ses nouvelles sont publiées dans des recueils ou des magazines et un roman de science-fiction parait aux éditions Mille Poètes.

En 2017, il publie ses textes sur Amazon et crée son site Internet. L'enseignement lui a fait prendre conscience du grand nombre d'enfants et d'adolescents dyslexiques pour qui la lecture est difficile, et qui n'ont que peu de livres qui leur sont accessibles. Habitué à adapter ses cours pour ses élèves dyslexiques, il lui a semblé essentiel d'en faire autant pour ses romans jeunesse qui existent ainsi en version « dys ».

Auteur indépendant, il diversifie son activité en publiant ses ouvrages en version numérique pour le kindle d'Amazon, sur Kobo et Fnac.com, puis sur Apple Books et Google Play.

Il crée en 2020 les éditions Mondes Parallèles en s'imposant une ligne éditoriale stricte : chaque œuvre qu'il publiera (jeunesse ou adultes) sera disponible en version « dys », en format broché comme en ebook.

PETITS ROMANS JEUNESSE
Une citrouille vraiment effrayante
Petit roman jeunesse à partir de 9 ans (HORREUR)

Pour la fête d'Halloween, Delphine et ses copines ont fabriqué une citrouille qu'elles ont appelée Jacques-la-Lanterne. Déguisées en sorcières, elles l'emmènent à la chasse aux bonbons dans les rues de leur village.

Mais l'un des enfants casse la cloche d'une vieille dame. Elle se fâche et lance un mauvais sort sur la citrouille.

Jacques-la-Lanterne prend vie et commence à dévorer les habitants du village les uns après les autres…

Série Halloween chez Justine
1 - Loups-garous, vampires et autres monstres…
Petit roman jeunesse à partir de 11 ans (HORREUR)

Collégienne de sixième, Justine ne parvient pas à faire son devoir de maths le soir d'Halloween, elle appelle donc son camarade Nathan à son secours. Par bravade, elle crie par la fenêtre : « Loups-garous, vampires et autres monstres, venez tous fêter Halloween chez Justine ! »

Mais quand Nathan se transforme en un redoutable fauve et que trois loups-garous et un vampire répondent à son invitation, Justine réalise qu'elle a commis une grave erreur…

2 - L'attaque du monstre gluant
Petit roman jeunesse à partir de 11 ans (HORREUR)

Collégienne de cinquième, Justine invite son copain Nathan à passer la soirée d'Halloween avec elle, mais lui fait promettre de ne pas se transformer comme l'année précédente. Elle a loué le DVD d'un film d'horreur en relief : *L'attaque du monstre gluant.*

Mais quand la créature sort de sa télé pour les dévorer, Justine réalise qu'elle a commis une grave erreur…

3 - Debout les morts !
Petit roman jeunesse à partir de 12 ans (HORREUR)
Collégien de quatrième, Nathan invite son amie Justine chez lui pour Halloween, espérant ainsi briser la malédiction qui poursuit la jeune fille. Il a cependant négligé de lui dire qu'il habite juste derrière un cimetière. Si elle l'avait su, elle aurait sans doute évité de plaisanter en disant : « Debout les morts ! »
Quand les morts sortent de leurs tombes, Justine réalise qu'elle a commis une grave erreur...

4 - Croisière sans retour
Petit roman jeunesse à partir de 12 ans (HORREUR)
Collégienne de troisième, Justine s'est fâchée avec son ami Nathan qui perdait le contrôle de ses transformations. Invitée à fêter Halloween sur un voilier avec quelques amis, elle accepte tout de même de l'emmener sous sa forme de panthère. La soirée aurait pu bien se dérouler si l'un des convives n'avait pas raconté une histoire de monstre marin...
Grave erreur ! Il n'en fallait pas davantage pour que le kraken s'invite à la fête avec quelques requins...

5 - Le manoir de la mort
Petit roman jeunesse à partir de 13 ans (HORREUR)
Lycéenne de seconde, Justine a perdu goût à la vie après la disparition tragique de son ami Nathan. Quand Thomas l'invite à un « Escape Game » dans un vieux manoir le soir d'Halloween, elle ne se fait pas d'illusions : ce sera encore une soirée agitée.
Mais quand les participants du jeu meurent tour à tour, victimes de pièges vicieux, elle comprend qu'elle a commis une nouvelle erreur...

6 - Une momie dans les catacombes
Petit roman jeunesse à partir de 13 ans (HORREUR)

Lycéenne de première, Justine reçoit un paquet qu'elle croit envoyé par son petit ami Nathan. En l'ouvrant sans méfiance, elle se fait piquer par un scorpion venimeux. S'engage alors une course contre la montre pour récupérer l'antidote aux mains d'une momie dans les catacombes.

Facile avec Nathan, le garçon-panthère expert en arts martiaux ? Erreur ! Car la momie a amené quelques araignées géantes…

7 - Un château en Transylvanie
Petit roman jeunesse à partir de 13 ans (HORREUR)

Lycéenne de terminale, Justine hérite d'un château en Transylvanie. Comme son compagnon Nathan, elle se dit que ça sent le piège ! Mais les papiers du notaire sont officiels et ils décident de s'y rendre.

Quand ils constatent que l'ancien propriétaire n'est pas aussi mort qu'il aurait dû l'être et que le château est truffé de vampires, loups-garous et autres monstres, ils réalisent qu'ils ont peut-être commis leur dernière erreur…

ROMANS JEUNESSE
Enlèvement au collège
Roman jeunesse à partir de 11 ans (POLICIER)

En cinquième au collège Simone de Beauvoir, Julien et son ami Luan ont invité Anaïs et Lisa, les sœurs jumelles de leur classe, à faire une randonnée en VTT sur le Plateau de Vitrolles. Le petit groupe assiste à la chute d'une météorite dans laquelle Julien découvre un étrange cristal vert.

Au collège, le garçon donne le cristal à Anaïs. Quelqu'un remarque la pierre et décide de s'en emparer. L'une des sœurs est enlevée au beau milieu du collège ! Mais le ravisseur ne s'est-il pas trompé de jumelle ?

Un fantôme dans le métro
Roman jeunesse à partir de 11 ans (FANTASTIQUE)

Juliette Perrault était une élève ordinaire d'un collège marseillais, jusqu'au jour où elle tomba devant un métro. Elle se crut perdue mais fut sauvée par un étrange garçon, Stéphane, qu'elle vit périr à sa place. Elle semblait la seule à l'avoir vu.

Juliette découvrira que Stéphane est le fantôme d'un lycéen mort trente ans plus tôt. Pour lui venir en aide, elle n'hésitera pas à explorer les souterrains du métro de Marseille et à participer à un dangereux tournoi d'arts martiaux qui pourrait la conduire jusqu'en Chine…

Jeu de piste macabre dans le 6ème
Roman jeunesse à partir de 12 ans (POLICIER)

Mathieu et Mathilde Lavil (surnommés « Matt & Matic ») sont deux jeunes policiers stagiaires affectés au commissariat du sixième arrondissement de Marseille.

Dès leur premier jour, une lettre anonyme les lance sur la piste d'un dangereux meurtrier qui met la police au défi d'empêcher ses crimes !

Serez-vous capable de mettre vos compétences mathématiques de 6ème en pratique pour mener l'enquête et arrêter le coupable ?

ROMANS
Le pouvoir de Flamen
Roman (SCIENCE-FICTION)

Jeff Stone, pilote du cargo *Phénix*, est en train de boire dans un bar de la station spatiale XG34 quand surgit Flamen, une jeune fille pourchassée par de mystérieux agresseurs. Le pilote s'interpose et c'est le début d'une poursuite implacable à travers la galaxie.

D'affrontements spatiaux en combats au pistolaser, Stone et Flamen perceront-ils le mystère entourant la naissance de la jeune fille ?

Halloween chez Audrey
Remarque : ce roman est la version adulte de la série jeunesse « Halloween chez Justine »

Roman (BIT-LIT / HORREUR)

« Loups-garous, vampires et autres monstres, venez tous fêter Halloween chez Audrey ! ». La jeune fille n'aurait jamais dû crier ça par sa fenêtre le soir du 31 octobre… Son ami Jack se transforme en panthère, puis trois loups-garous et un vampire répondent à son invitation !

Les années suivantes, un monstre gluant, des zombis et le kraken viendront tour à tour chez eux. Les soirées d'Halloween de Jack et Audrey ne seront pas de tout repos…

Le cycle d'Atlantis
La revanche du léopard
Roman (BIT-LIT / SCIENCE-FICTION)

Julie Dunoyer assiste à une fusillade aux abords de sa propriété dans la forêt de Fontainebleau. Elle porte secours au fugitif blessé réfugié dans son jardin et découvre avec stupeur une créature mi-humaine mi-animale.

Victime de manipulations génétiques menées par des scientifiques néonazis, Lucas a été à demi transformé en léopard. Quand les nazis retrouvent sa trace et que sa nouvelle amie est en danger, l'homme-léopard sort ses griffes !

À paraître...

ALBUM
Le lapin qui grossissait
Album à partir de 6 ans (FANTASTIQUE)

Pour ses sept ans, Louane reçoit un petit lapin. Elle le nomme Juju. Il est si petit que la fillette décide de lui donner le médicament qu'elle prend pour sa croissance. Peu à peu, le lapin grossit, à la grande joie de sa petite maîtresse.

Mais Juju ne s'arrête pas de grandir. Quand il devient aussi gros que la voiture de son papa, les ennuis commencent…

NOUVELLES
Le secret de l'échiquier
Nouvelle à partir de 12 ans (POLICIER)
Jérôme Duval voudrait bien épouser Solange de L., mais son père s'oppose à cette union car Jérôme pourrait bien être le fils d'Arsène Lupin.
Relevant le défi du baron de L., le jeune homme découvrira-t-il le secret de l'échiquier ?

La gare qui n'existait pas
Nouvelle à partir de 13 ans (FANTASTIQUE)
Jean-Paul pensait avoir manqué sa station de RER et est descendu par erreur à la gare qui n'existait pas. Il y rencontre Victoria, une jeune fille morte dans un accident quelques années auparavant.
Jean-Paul voudrait bien aider ce fantôme, mais cela n'est pas sans danger. Car si la mort les sépare, elle pourrait bien également les réunir…

Le moulin aux fées
Nouvelle à partir de 10 ans (FANTASTIQUE)
Pour Romain et Mélanie, les vacances s'annoncent mal. Leurs parents les ont envoyés à la ferme chez leur oncle pour pouvoir se disputer tranquillement et organiser leur divorce.
Heureusement, derrière la ferme se trouve un moulin abandonné où se produisent d'étranges apparitions. Est-ce vraiment une fée qu'ils ont aperçue ?

Meurtres à la pleine lune
Nouvelle à partir de 15 ans (POLICIER)
Inspecteur à la criminelle, Jeremy Torquier l'avait bien dit devant le premier cadavre éventré : il y en aurait d'autres ! Mais il ne s'attendait pas à ce que la victime suivante soit sa propre fiancée.
S'il croyait stopper ainsi l'enquête de Torquier, le tueur en série se trompait lourdement !

Le miroir vénitien
Nouvelle à partir de 12 ans (FANTASTIQUE)

Quand Bastien déniche un miroir vénitien dans une brocante, il ignore encore qu'il lui permettra d'entrer en contact avec Julia, une noble italienne vivant au quinzième siècle.

Apprenant le destin tragique de la jeune femme, une question tourmente Bastien : peut-on changer le passé ?

Le projet R.H.
Nouvelle à partir de 14 ans (SCIENCE-FICTION)

Lors d'une manifestation anti-robots, Annabelle est blessée et conduite à l'hôpital par Jorgun Watts, un ingénieur roboticien travaillant pour la CybCod.

Les médecins estiment Watts qui a mis au point un microbot chirurgical, mais son ami journaliste Stefan Yort lui amène l'invention de l'ingénieur, un instrument de torture ! La jeune femme veut alors revoir Watts pour en apprendre davantage.

Mais en cherchant la vérité, on prend le risque de découvrir plus qu'on ne le voudrait…

Plus que la fortune
Nouvelle à partir de 13 ans (SCIENCE-FICTION)

Quand Lana débarque sur la planète Exovène, elle est bien décidée à faire fortune comme les autres prospecteurs. Malgré les dangers et les avertissements, elle s'obstine.

Une planète minière instable n'est pas un endroit très hospitalier, mais on y trouve parfois plus que la fortune…

Dépôt légal : septembre 2018
Imprimé à la demande par KDP

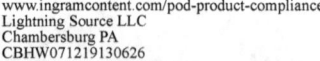